Poésie.

JANE GREY,

TABLEAU DE M. DELAROCHE.

DE LA PEINTURE.

Fragment.

Paris,

A LA LIBRAIRIE, RUE NEUVE-SAINT-AUGUSTIN, N° 55.

IMPRIMERIE DE GOETSCHY FILS, RUE LOUIS-LE-GRAND, N. 35.

1834

Nullement connu dans la littérature et les arts, mais seulement un peu dans l'administration, spécialement au Ministère de la guerre, sous l'Empire, il y a sans doute quelque témérité de ma part à aborder, pour mon premier essai public de poésie, la description du beau tableau de M. Delaroche, et les questions les plus élevées de la peinture. La simpathie qu'on pourra éprouver pour mes idées et pour mes vers sera ou non mon excuse et un encouragement à céder une autre fois, comme je l'ai fait en cette circonstance, à l'inspiration.

Je dois aussi demander grâce pour l'exiguité du *Fragment sur l'Infini*, pour la hardiesse et l'étrangeté des images qu'il renferme dans son petit nombre de vers. C'est, du reste, une simple boutade poétique, et non le fragment d'une pièce entière. — Peut-être, avec le tems, ces vers prendront-ils leur place, en les continuant, dans un *Poëme Philosophique* qui fait la préoccupation de ma pensée.

Suivent quelques autres fragmens et deux petites pièces complètes. — Tel est le léger bagage avec lequel j'ose me présenter dans la carrière poétique, quoique j'en suive une autre toute différente depuis longtems. Ces compositions sont récentes, et c'est pour cela que j'aurais lieu de m'en flatter davantage, à cause même du retard de mon début littéraire, si par leur propre nature elles pouvaient faire illusion sur moi-même et mes antécédens. — Un sem-

Nullement connu dans la littérature et les arts, mais seulement un peu dans l'administration, spécialement au Ministère de la guerre, sous l'Empire, il y a sans doute quelque témérité de ma part à aborder, pour mon premier essai public de poésie, la description du beau tableau de M. Delaroche, et les questions les plus élevées de la peinture. La simpathie qu'on pourra éprouver pour mes idées et pour mes vers sera ou non mon excuse et un encouragement à céder une autre fois, comme je l'ai fait en cette circonstance, à l'inspiration.

Je dois aussi demander grâce pour l'exiguité du *Fragment sur l'Infini*, pour la hardiesse et l'étrangeté des images qu'il renferme dans son petit nombre de vers. C'est, du reste, une simple boutade poétique, et non le fragment d'une pièce entière. — Peut-être, avec le tems, ces vers prendront-ils leur place, en les continuant, dans un *Poëme Philosophique* qui fait la préoccupation de ma pensée.

Suivent quelques autres fragmens et deux petites pièces complètes. — Tel est le léger bagage avec lequel j'ose me présenter dans la carrière poétique, quoique j'en suive une autre toute différente depuis longtems. Ces compositions sont récentes, et c'est pour cela que j'aurais lieu de m'en flatter davantage, à cause même du retard de mon début littéraire, si par leur propre nature elles pouvaient faire illusion sur moi-même et mes antécédens. — Un semblable résultat donnerait une nouvelle vie à mon penchant pour la poésie, délassement plein de charmes de mes occupations, aux heures de la promenade.

La pièce sur Jane Grey n'aura plus maintenant le mérite de l'à-propos, puisque le salon est fermé. C'est un tort; mais j'ai préféré renoncer à cet avantage, pour donner plus de soins à mes vers et les rendre, autant que possible, dignes de leur modèle.

Le Sous-Intendant Militaire,

Favier.

Paris, le 6 Mai 1834.

Jane Grey

1.

Comme de Jane Grey tous les apprêts de mort
Disent éloquemment l'impitoyable sort,
Dans l'œuvre, où de sa vie, un grand talent s'inspire !
Paris accourt la voir, en frémit et l'admire.
Par quels mots retracer, ce qui vous frappe au cœur,
A comprendre et sentir, sa muette douleur,
Si touchante, si vraie, à cette heure suprême?..
Que ses tremblantes mains parlent pour elle-même ;
Ces mains, prodige d'art et d'un goût sans égal,
Dont l'une, en s'approchant de ce billot fatal,

Avec ses doigts émus, l'interroge, attentive,
Et, près de le toucher, se retire craintive.
    Penser qu'à l'instant même elle va se courber,
Et que tête et couronne à la fois vont tomber,
Elle, reine d'un jour, jeune fille si belle!...
Oh! cela porte à l'âme une atteinte cruelle,
Soudaine, ce froid aigu qui précède les pleurs
Qu'on répand à l'aspect de trop vives douleurs.
    Mais cette émotion une fois effacée,
Par une autre plus calme on la sent remplacée;
Cet effet pénétrant, doux et religieux,
Dont le beau nous saisit quand il s'offre à nos yeux,
En contemplant, ravi, cette toile savante
De sentiment, de ton, d'expression vivante.
L'œil charmé, de longtems ne s'en peut séparer,
Tant il a de beautés qu'il lui faut admirer :
Cette pâle figure à laquelle sans cesse
On revient toujours plein d'une même tristesse,
Qui, par ses yeux voilés, est déjà dans la nuit,
D'où par degré la vie avec le jour s'enfuit.
En face de la mort, résignée, elle avance,
Se confiant à Dieu, dans sa propre innocence;
Au monde il n'est plus rien qui la fasse tenir;
Son âme impatiente, avide d'en sortir,
Par avance jouit de la vie éternelle :
Ses sens sont confondus... Elle est morte pour elle!

Et puis cette figure étrange du bourreau,
N'expliquant à lui seul que trop bien le tableau,
Belle de sa stature à la forme imposante,
Chaude de coloris, de vérité puissante,
Qui, là, domine tout en simple spectateur
Du drame dont il est le principal acteur.
On dirait, à juger sa froide contenance,
Qu'insensible, il attend que sa tâche commence,
Suivant de son regard fixement le billot
Où la hache qu'il tient va s'élancer bientôt ;
Mais, en démêlant mieux le fond de sa pensée,
On découvre, à travers cette écorce glacée,
Ses sombres traits empreints d'une douce pitié,
Contre laquelle en vain il s'est fortifié :
A l'approche du coup que cet instant consomme,
Au dedans du bourreau saigne le cœur de l'homme.

Delaroche, jouis d'un succès aussi beau !
Ma poésie est celle empruntée au tableau.
Pour monter davantage en la faveur publique,
Que ton pinceau si pur soit de même énergique,
Et féconde à grands traits tous les sujets si pleins,
Longtems mûris par toi, qui sortent de tes mains !
Donner une âme au corps, la vie à la pensée,
C'est ta gloire : finis son œuvre commencée.

Du terrible, dans l'art, garde-toi d'abuser :
Au théâtre, en peinture, on ne peut tout oser ;

Une situation, pour être dramatique,
Ne doit pas recourir à la douleur physique
Qu'à nos regards surpris excite son horreur;
Elle attaque bien mieux, non les sens, mais le cœur,
Quand, ne leur offrant pas cette facile amorce,
Dans les ressorts de l'âme, elle puise sa force,
Et la peint, juste et vraie, avec l'expression
Qui seule en nous remue et fait la passion.

Peintre de la pensée, à toi de nous la rendre
Simple et grande à la fois, et facile à comprendre,
Faisant rêver longtems, comme dans ton *Cromwel*,
Au sentiment profond, unique et solemnel,
Qui l'agite sans doute en contemplant la tête
de son ambition le but et la conquête :
Lire dans ce grand cœur, en suivre le regard
Sur la toile, vivant; c'est le comble de l'art.

II.

Du sujet, ce triomphe explique l'importance;
Où l'âme seule, à peindre en ses phases, immense;
Avec ses passions, ses élans, ses douleurs :
Palette inépuisable en ses riches couleurs,
Par une forme alors sentie, exacte et pure,
L'artiste avec bonheur reproduit la nature;

Où , l'histoire devant revivre en ses pinceaux ,
Il lui faut s'inspirer d'un grand nom , d'un héros
Qui, centre d'action , les autres dans la foule ,
Soit le pivot de l'œuvre autour duquel tout roule.
But chéri de son art , de sa création ,
Il s'en éprend, le couve avec feu, passion ,
Le retourne en tous sens , fouille en son caractère ,
L'interroge au visage, au cœur, le considère ,
Et l'étreignant partout, à la pensée , au corps ,
Sur sa toile, l'anime avec ces vrais accords
Qui font sa propre vie et celle de l'histoire ,
Comme les tems enfin consacrent sa mémoire.
Maîtrisant son sujet ou maîtrisé par lui ,
Il trouve en sa grandeur, sa force et son appui ,
Et plus même elle impose à son intelligence,
Plus lui-même s'exalte et grandit en science.
Ainsi de sa pensée on subit l'ascendant ,
Pour y reprendre après un essor plus ardent :
Maîtresse de l'esprit , dès qu'il s'en est saisie ,
C'est sa vie et son sang, son Dieu, sa poésie.

La forme est tout dans l'art et le sujet n'est rien ,
Dit-on ; c'est l'art lui-même, et quant au fonds, son bien
Il sert pour l'exercer, seulement de matière ;
Mais lui seul, à sa guise, en fait le caractère ,
Et, par sa propre essence , orne, échauffe , agrandit
Le plus mince sujet qu'aurait conçu l'esprit.

Argument spécieux que l'examen rejette ;
Du talent l'art sans doute est toujours l'interprète ;
Les moyens qu'il emploie et leur perfection
Ajoutent à coup sûr à l'imitation ;
Mais enfin s'en suit-il que la forme vivante
Ou morte, est en peinture aussi digne et marquante?
L'objet inanimé peut-il parler au cœur,
Quel que soit son fini, son lustre et sa couleur?
Sur l'âme on verrait donc triompher la matière!
Quoi! le sujet n'est rien, lui, foyer de lumière,
Suivant le choix du peintre, ou moins vif ou brûlant,
Qui rapetisse, élève à son gré le talent!
N'est-il rien, quand pour vous une seule figure
De sa divinité révèle la nature :
De beau, de pureté le symbole éternel,
Comme d'après son cœur l'a faite Raphaël ;
Ou qu'une jeune fille, au type fantastique,
Peut résumer de *Faust* la grandeur poétique
Par un geste, un coup-d'œil, par un sourire, un trait?
Toute une œuvre profonde à voir dans un portrait!...
N'est-il rien dans *Brutus*, *Socrate*, *Bélisaire*,
De deux talens fameux celui-ci tributaire;
Jaffa, *Marcus-Sextus*, *la Méduse*, *Atala*,
Léonidas enfin, où David étala
Le plus grand, le plus beau sentiment de la vie,
Celui de dévouer ses jours à la patrie?

Non, l'art ne suffit pas pour créer aussi belles
De l'histoire et du cœur ces pages immortelles!
La forme est impuissante où l'âme seule est tout,
Qui fait l'expression, la pensée et le goût.
Le goût! ah! c'est dans lui que l'art vraiment réside!
Il en est à la fois le principe et le guide;
C'est un mélange heureux de tact, de sentiment
Sûr et fin, grandiose, et d'un prompt jugement :
Des qualités de l'art c'est l'entière harmonie,
De l'âme, un sens exquis, la touche du génie,
Épurant la pensée à son divin flambeau,
Foyer du grand, du vrai, conscience du beau.

III.

Pour la nouvelle école un sujet reste à peindre,
Bizarre, mais profond, qu'elle est digne d'atteindre.
J'ose le lui donner en terminant ces vers :
De l'homme, dans un nom, c'est l'emblême pervers,
Sous les dehors trompeurs, séduisants de la grâce,
Un composé hardi de bassesse et d'audace;
C'est l'amour du plaisir à son excès porté,
Sans cesse renaissant de la satiété;
C'est une passion longue et désordonnée
A mettre pour la femme en jeu sa destinée,

La femme, ce besoin, cette soif de son cœur,
Dont toutes ne sauraient désaltérer l'ardeur,
Qu'il subjugue si bien par sa langue dorée,
Qu'elle reste en mourant sa victime enivrée ;
Mais vrai lorsqu'il la trompe, et lui-même emporté
Par le principe ardent de sa mobilité,
A ce point qu'il préfère, en son humeur volage,
L'étreinte de l'Enfer au nœud du mariage :
Type du libertin, du roué grand seigneur,
Sans scrupules, sans foi, sans honte ni pudeur,
Mais noble cependant, généreux, magnifique,
Fier, intrépide, adroit et d'un vernis magique
Autant que naturel, ornant si bien ses traits,
Que tôt ou tard il faut se prendre à ses attraits ;
Objet prédestiné de la lutte inégale
Du mal avec le bien, en nous toujours fatale ;
Dans sa double nature, être mystérieux,
Qu'on n'a vu nulle part, dont on parle en tous lieux ;
Un nom sans existence, esprit railleur, sceptique,
A la forme d'un ange, au rire satanique...

Tel serait le sujet à traiter dans un an :
Mais le nom, quel est-il ? Ah ! le nom... *Don Juan !*

Avril 1834.

L'Infini.

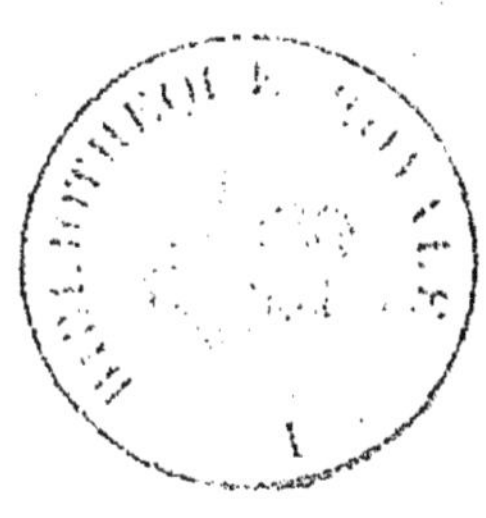

FRAGMENT.

--

Des espaces de l'air, immensité sans fin,
Dont l'horizon à l'œil fuit et renaît enfin,
Fuit encor, se prolonge en vide, en étendue
Qui sans cesse s'avance, augmente, et continue
Loin, bien loin, par-delà les limites du Ciel,
Allant, allant toujours, d'un progrès éternel!...
Dans ta grandeur sans borne, impossible à comprendre,
Par quels termes nouveaux l'esprit peut-il te rendre?

Pour avoir un langage un peu digne de moi,
Il me faudrait des vers infinis comme toi,
Des images sans nombre, à se suivre empressées,
Des mots toujours plus grands, d'immortelles pensées,
Et, pour lyre, des Cieux les gigantesques champs,
Des élémens la voix pour accords et pour chants ;
Pour poésie enfin, pour chaleur et pour âme,
De l'astre tout de feu l'impérissable flamme :
Et je n'ai, pour tracer ces sublimes tableaux,
Que de l'humanité les impuissants pinceaux ;
En face l'infini ma nature bornée,
Sous l'écorce des sens mon âme emprisonnée !

L'infini !... quel abîme où l'homme se confond !
Hélas ! jamais son œil n'en sondera le fond !
Chaque pas qu'il y fait le rejette en arrière ;
Quelquefois abusé par un trait de lumière,
Son esprit du problême à cru trouver le mot,
Mais dans la nuit du doute il retombe bientôt !

. . . .

. . . .

Janvier 1834.

Statue de Napoléon.

FRAGMENT.

Salut, Napoléon ! salut, grand empereur !
Tu reparais enfin à ton poste d'honneur,
Et semble commander encor la grande armée,
Du haut de la colonne où vit sa renommée ;
Car de Paris entier j'en atteste la voix
Unanime à fêter ta gloire cette fois,
Ce pur enthousiasme est-il pour la statue
Dont la forme et la pose ont enchanté sa vue ?

Non ! l'image fait place à la réalité !
C'est toi-même, vivant de l'immortalité
Qu'on sent, qu'on voit : ton œil lance des traits de flamme,
Tu respires, tu vis dans le fond de chaque âme.
Tel fut l'effet subit, aussi prompt que l'éclair,
Sur tous les spectateurs, quand, élancé dans l'air,
La voile découvrit ton auguste présence
Empreinte de l'éclat de sa toute-puissance.

Avant, régnait partout ce silence éloquent
Qui précède toujours un spectacle marquant ;
Mais au premier aspect de ton chapeau magique,
Il fut rompu soudain par la clameur publique,
Immense, prolongée en transports, en bravos,
En cris bruyants de joie à l'honneur du héros.
La foule ruisselante aux abords de la place,
Pour mieux te contempler, sans cesse se déplace ;
Nul, d'un plaisir si doux, ne veut perdre sa part :
Tous les cœurs n'ont qu'un vœu, tous les yeux qu'un regard !

Mais la troupe débouche en colonne pressée :
Muette, son bonheur est tout dans sa pensée ;
Elle te voit, défile et soupire tout bas :
Oh ! surtout ceux débris de trente ans de combats,
Sous tes yeux tant de fois conduits à la victoire,
Vieux monumens vivants d'un passé plein de gloire,
Chacun surpris, ému de voir son empereur,
Se sent mouillé de pleurs qui lui tombent du cœur.

Des jeunes tu reçois aussi le pur hommage ;
C'est qu'ils ont le cœur *bleu* * comme leurs anciens d'âge :
D'ailleurs ton nom fameux tintait à leur berceau,
Napoléon ! ce nom si sonore et si beau,
Dont le monde était plein, et depuis leur enfance,
Sans cesse entretenus de ta noble existence,
A tant de faits si hauts tu devenais, pour eux,
De gloire et de grandeur un géant fabuleux :
Ils te voient enfin ! . . . .
. . . .
. . . .

Septembre 1833.

* Expression pittoresque de Napoléon. Dans les Cent-Jours, le ministre
de la guerre lui proposait d'employer un officier ; l'empereur écrivit sur
le rapport : «Oui, s'il a le cœur *bleu*. »

L'Automne *.

FRAGMENT.

A MADAME DE C......T.

Faisons de longs adieux aux présens de Pomone,
Aux nuages rayés de nos beaux jours d'automne,
Qui vont bientôt finir... O divine saison,
Belle, aimable, tranquille, ainsi que la raison,
Image du vrai bien, d'une paisible vie,
Qui coule lentement sur une route unie,

* Ce fragment n'est que la première partie d'une pièce dans laquelle, comparant l'automne au printems, et par suite les deux saisons de la vie qui s'y rapportent à peu près, je donnerai la préférence à la première, comme celle où l'on comprend mieux le vrai bonheur; c'est-à-dire celui-là seul dont on a la conscience, ce qui n'existe guère au printems de la vie, à cause de la fougue de l'âge. — De même qu'on ne pense pas, suivant Locke, si l'on ne se sent penser : pour être heureux, il faut se sentir l'être, autrement le bonheur n'est plus qu'une vulgarité, un simple instinct de nature, et non un sentiment de l'âme.

Tu n'as pas cet éclat dont brille le printems,
Quand, secouant le joug des frimats, des autans,
La terre, à la lueur de l'aube matinale,
Revêt avec amour sa robe virginale
Nuancée à l'envi des plus fraîches couleurs
D'une tendre verdure et de naissantes fleurs,
Fière de sa beauté, s'en pare avec ivresse,
Superbe d'avenir, de vie et de jeunesse,
Et qu'elle est saluée, à son premier réveil,
Par les premiers rayons qui tombent du soleil,
Par le chant des oiseaux, des ruisseaux le murmure,
Par les accents d'amour de toute la nature!

Touchant spectacle, instant unique et solemnel,
Où chaque être accomplit les lois de l'Eternel,
Où tout ce qui respire et végète s'anime;
Du monde qui renaît enfantement sublime!

Oh! sans doute il est grand, le bonheur d'un tel jour!
La mémoire, plus tard, y fait souvent retour,
Et son doux souvenir remue en la pensée
Les rêves du jeune âge et sa fougue insensée.
C'est qu'alors en la vie afflue un sang nouveau
Qui bouillonne sans cesse et se porte au cerveau,
Donne à tous les objets, fluide magnétique,
Son feu passionné, son attrait sympathique;
L'air enivre, exhalant un odorant poison,
On l'aspire avec joie; il confond la raison :

Content, heureux de tout, l'esprit pourtant désire ;
Pour un bien idéal, il s'émeut, il soupire.
Ce trouble que la femme éprouve vaguement,
L'homme, au fond de son cœur, le ressent vivement.

Ces objets qu'à l'instant il admirait encore,
Le lever vaporeux de la pudique aurore,
Qui par degré, bientôt, s'absorbe en rougissant
Dans l'éclat du soleil, de feux resplendissant ;
Et puis cette lumière éblouissante et pure,
Dont les flots transparents inondent la nature,
Ces prés, ces bois, ces monts, qui captivaient ses yeux,
Et les eaux reflétant le vif azur des cieux ;
Toutes ces voix de l'air qui lui parlaient à l'âme,
Concert des élémens à l'indicible flamme,
Ces grands tableaux enfin qu'il trouvait pleins d'appas,
Sont maintenant, pour lui, comme s'ils n'étaient pas.
Il ne voit, n'entend rien : tout à ses rêveries,
Il caresse du cœur leurs images chéries,
Célestes visions, étrangères au corps,
Que l'âme seule voit, et du monde en dehors.

Mais qu'alors une femme à ses yeux se présente,
Rêveuse, comme lui, du mal qui le tourmente,
Vierge, aux longs cils baissés, des yeux voilant l'azur,
Aux traits fins, délicats, au front candide et pur,
Belle, d'une beauté sans nom, immatérielle,
Dont le charme divin brille et respire en elle,

Telle qu'elle vivait peut-être dans son cœur !...
A son aspect soudain il change de couleur,
Sa vue est un éclair pour son âme oppressée :
Voilà l'objet constant de toute sa pensée,
L'être mystérieux qu'il a rêvé toujours ;
Quel bonheur de pouvoir lui consacrer ses jours !
De lire le premier, dans sa pudeur craintive,
Le chaste et doux aveu de sa flamme naïve !
De compter les progrès de son amour naissant,
Jusqu'à cet heureux jour où, sur lui faiblissant,
De sa constante ardeur, de sa foi convaincue,
Fière de lui céder, et s'avouant vaincue,
Même dans l'extase où se plonge son cœur,
Elle ne voit que lui, ne sent que son bonheur !...
Ivresse inexprimable !... oh ! sort digne d'envie !
De respirer son air, de vivre de sa vie !
Plaisirs, peines, soucis, d'avoir tout en commun !
Pour jouir ou souffrir, penser, ne faire qu'un,
Et pour la mériter, de se sentir soi-même
Vraiment digne toujours de celle qui vous aime !...

Tels sont les doux pensers, reflets de sa candeur,
Qui le bercent déjà de leur charme trompeur.

. . . . . . , ...

. . . .

Ménilmontant, Octobre 1833.

Le Bal.

Ah ! que le bal est doux au cœur ainsi qu'aux yeux,
Quand, voisin de l'orchestre aux sons mélodieux,
Nonchalamment penché près de ces *jardinières*
D'où s'exhale l'odeur des fleurs printannières,
Seul, au milieu du monde, on voit de tous côtés
Danser, jusqu'à ses pieds, un essaim de beautés !

Que l'âme à ce moment s'écoute vivre, heureuse !
Puis, de le voir passer, est craintive, peureuse,
Sentant que dans la vie il est de courts instans
D'un bonheur indicible et qui valent des ans !

A ma place cloué par un pouvoir magique,
Ainsi j'étais hier, enivré de musique,
De parfums et de danse ; à peine entrevoyant
Les étoffes de soie au reflet chatoyant ;
L'or et les diamans, les tresses, les guirlandes,
Les bouquets, de l'amour ces discrètes offrandes,
Les lumières par flots inondant le salon,
Et rouler, confondus, comme en un tourbillon,
Boutons dorés, gants blancs, jeunes barbes pointues,
Corsages, petits pieds, épaules blanches, nues,
Du blanc, du bleu, du rose, et tant d'autres couleurs,
Dans tous les sens croisant leurs prismes enchanteurs ;
Tout cela, je vous jure, est un spectacle unique,
Entraînant malgré soi, ravissant, fantastique,
Où l'ivresse du bal est concentrée en vous,
Où, seul, vous jouissez de la gaîté de tous.
Assis, on danse plus, peut-être, que les autres,
Car on danse du cœur : leurs plaisirs sont les vôtres.

Comment être insensible à ce bonheur si pur,
Et n'en pas savourer l'attrait piquant et sûr ?
Aussi faisais-je en moi, contemplant jeune fille
Qui ne sait pas encor combien sa beauté brille,

Entre toutes, de grâce et de simplicité ;
Blanche de peau, de robe, et de sa pureté
Davantage. Quelle joie innocente et naïve
En elle se marie à sa pudeur craintive !
Comme son embarras et son bonheur d'enfant
Parent ses traits d'un charme angélique et touchant,
Lorsqu'ayant pris enfin place à la contredanse,
La première *en avant*, légère, elle s'élance !

Mais celle qui triomphe et de l'âme et des yeux,
C'est la femme, autre objet aux sens plus dangereux,
La femme de trente ans, que Balzac a dépeinte
En aperçus si vrais, d'une si riche teinte.
Oh ! celle-là !.. divine en sa perfection !
Elégante en tous points, sans affectation,
Modèle de bon goût, de fraîcheur, dans la mise,
La moindre chose en elle est d'une grâce exquise ;
Type d'esprit, de tact, de feu, de sentiment,
Elle sera toujours ce qu'elle est un moment.

On l'annonce : malgré sa mise éblouissante,
De sa seule beauté voyez-la rayonnante,
Et de grâces offrir ensemble si parfait,
Que tout le bal lui-même en reflète l'attrait.
Elle en jouit tout bas, sans feinte modestie,
Par une émotion muette, mais sentie ;
Assise, son beau front d'un nuage léger,
Durant quelques instans, a paru se charger :

Mais rencontrant deux yeux dont les regards de flamme
Pénètrent, tout d'un trait, jusqu'aux sources de l'âme,
La vive émotion qui trahit le bonheur
Eût bientôt de son teint remplacé la pâleur.

Qu'il est heureux, l'auteur inconnu de ce trouble !
De loin, sans s'exprimer, pour sentir il est double :
Un signe inaperçu fait sa félicité,
Un cœur de femme vit sous son autorité
Qu'elle chérit, heureuse, au sein de ce qu'elle aime,
De remettre sa vie et s'absorber soi-même.

Aussi quand par hasard, ou dans un but secret,
Il jette sur une autre un regard indiscret,
Et de propos en l'air seulement la tourmente,
Cette reine du bal aussitôt est tremblante ;
Sûre de lui, son cœur n'en est pas moins ému,
Il regrette, égoïste, un hommage perdu ;
Comme de son côté, sur un geste, un mot d'elle,
Inquiet, agité, sa pâleur le décèle.

Douces contrariétés ! C'est ainsi qu'en amour
L'un de l'autre on est maître, esclave, tour à tour,
Heureux sous son empire, et par sa force libre,
Le jeu des passions le tient dans l'équilibre.

Deux heures sonnent : le bal redouble de gaîté ;
Par le brillant *galop* on se sent emporté,
A voir fuir, glisser, prompts comme la pensée,
Ces couples gracieux à la taille élancée,

Se serrant, se quittant, reprendre leur essor,
Et, tournant court sur eux, se retenir encor,
Tandis que la musique, inhabile à les suivre,
Par sa propre vitesse, est haletante et ivre.

Ah! que le bal est doux au cœur ainsi qu'aux yeux,
Quand surtout, chose rare, il n'est pas trop nombreux!

21 *Février* 1834.

Le Freyschütz.

—

A MISTRESS H . . . . . R.

——•••——

Avez-vous entendu le chant harmonieux
Ornant du *Freyschütz*, au début, l'ouverture?
Non jamais son dans l'air, dans toute la nature,
Ne ravit, plus touchant et plus mélodieux ;

Cette langue du cœur, non, jamais la musique
N'emprunta, pour charmer, un plus suave accent,
Et ne peignit si bien ce que l'âme ressent,
Succombant, enivrée, à son pouvoir magique!

Ce chant n'a pas d'un air l'importance et l'éclat ;
C'est d'un simple motif, au rithme doux, tranquille,
La modulation naturelle, facile,
Pleine d'expression et d'un goût délicat.

Qui vous saisit d'abord, par sa mesure austère,
D'une religieuse et chaste impression,
En écoutant vibrer sa propre émotion
Aux sons accentués d'une touche légère :

Mais qu'est-ce au prix encor de l'indicible effet
D'une note, une seule, ah ! si pure et si tendre,
Que tout l'être y faillit de plaisir à l'entendre,
Et n'a pour l'exprimer qu'un langage muet ;

Cette note est au cœur comme une voix de mère,
Comme au premier amour l'aveu mystérieux,
Doux échange qu'on cherche et lit dans deux beaux yeux,
Pour la femme, à vingt ans, celui qu'elle préfère :

Pour moi, comme un enfant, un ciel pur, une fleur,
Le beau, le grand, le vrai, remuant ma pensée,
Toujours à leur lecture heureuse, intéressée,
Faute d'une âme, hélas ! où lire mon bonheur !

Comme est aussi pour moi, vivant de poésie,
L'ivresse, sous l'élan d'une inspiration,
De pouvoir en mes vers créer la passion,
Content de savourer au moins son ambroisie.

16 *Avril* 1834.

A ma Mère[*].

FRAGMENT.

. . . .
. . . .

Bientôt ma plume..... Ciel! quelle horrible nouvelle
La brise tout-à-coup d'une atteinte cruelle!

[*] Ce fragment fait exception par son ancienneté de date à ce que j'ai
dit plus haut, mais je ne ne pouvais guères me dispenser, à l'occasion de
l'anniversaire de la dix-septième année du plus douloureux événement de
ma vie (22 avril 1817), de faire entrer dans une première publication
de poésie celle où j'ai essayé d'en retracer l'impression, comme un hommage pour la mémoire d'une mère à laquelle je devais tant, moi, son
fils unique, le seul et constant objet de toutes ses pensées jusqu'à sa
mort, l'âme de sa vie qui s'est éteinte peu de tems après que j'ai été forcé
de me séparer d'elle, par suite de la réaction de 1815.

Mon cœur a ressenti le frisson de la mort :
J'interroge... on hésite à m'annoncer mon sort ;
Par des mots ambigus on accroît mes alarmes ;
Je ne sais rien encore... et sens venir des larmes.....
L'amitié me regarde avec un tendre effroi.
Dans une heureuse erreur, je crains d'abord pour moi,
Pour mon emploi, ressource, hélas! encor bien chère!
Je lui dois le bonheur de soutenir ma mère.
Trop désirable espoir!... Pour tous les malheureux,
C'est du plus grand des maux le coup le plus affreux!
    « *Votre mère n'est plus...* » O foudre inattendue!...
Soudain mon sang se glace en mon âme éperdue ;
Je ne respire pas, mes sens sont confondus ;
Je redis froidement : quoi! ma mère n'est plus!
Mon âme enfin muette et sans chaleur, sans vie,
Par l'affreuse terreur comprimée, engourdie,
N'a pas encor compris toute la vérité.
    Qu'ils sont courts, ces momens d'insensibilité !
Hélas! prompte à venger les droits de la nature,
Bientôt la voix du sang se réveille et murmure :
Elle parle, elle crie ; alors mon cœur ému
Saigne aussitôt blessé du trait le plus aigu ;
La douleur le torture, et, leur ouvrant passage,
Les pleurs en un instant inondent mon visage ;
Ils me coupent la voix ; à travers les sanglots,
Ma bouche en gémissant ne forme que ces mots,

Ces mots qui disent tout : « O mère ! ô tendre mère !

» Quoi ! mère, tu n'es plus ! » Prosterné contre terre,

Je l'appelle toujours par mes cris, par mes vœux :

« Mère ! ma mère ! hélas ! c'est elle que je veux ;

» Ma mère, mon amour, mère, mon bien suprême ;

» Mère qui vivait moins en elle qu'en moi-même,

» Mère !... » Mais à ce nom d'un pouvoir si touchant,

Ce nom seul qui d'un fils fait tressaillir le sang,

Une seconde fois le cri de la nature

Si douloureusement déchire ma blessure,

Qu'en ma bouche ce mot vient lui-même expirer...

Le cœur noyé de pleurs, je ne puis que pleurer.

Je m'arrête !... Comment bien rendre à la pensée

D'un si cruel état la douleur insensée ?...

. . . .

. . . .

A Montauban, 1817.

FAVIER.

PARIS. — IMPRIMERIE DE COSSON FILS ET COMP., RUE LOUIS-LE-GRAND, N. 35.